JOSÉ DE SOUSA MAGALHÃES

COM ANJOS E DEMÔNIOS

1ª Edição

Piracuruca – PI
Edição do Autor
2014

©Magalhães, José de Sousa.

Capa e Ilustração

José de Sousa Magalhães

Diagramação

José de Sousa Magalhães

Impressão

Alan Xérox

Impressão da Capa

Gráfica GLOBO

Catalogação na Publicação (CIP)
Ficha Catalográfica feita pelo Autor

CDD 869.1 Magalhães, José de Sousa.
M188c   Com anjos e Demônios / José de Sousa Magalhães.
          - Piracuruca, 2014.

          53p (Incluem anexos)

          1. Anjos. 2. Demônios. 3. Contos fantásticos. I.
Título.
                              CDD 869.1
                              CDU 98-9
          ISBN: 978-85-918166-2-0

Esta obra foi escrita em 2007, todas as alterações foram realizadas pelo autor.

Na mente do homem, há mais criaturas perversas e estranhas que em um conto fantástico.

(O autor)

SUMÁRIO

PREFÁCIO

Há mais coisas no céu e no inferno que nossa mera filosofia pode imaginar. Dentro do reino dos céus, há uma grande infinidade de seres e esses seres devem seguir uma hierarquia, os principais deles são Anjos e Arcanjos. Os Arcanjos são superiores aos anjos. Mas o que poucos sabem é que, abaixo dos anjos Existem os Lírius, divindades celestiais que diferente dos anjos possuem sexo, eles se reproduzem e possuem outros seres iguais de sua mesma espécie. Apesar dos Lírius possuírem sexo e poderem se reproduzir é terminantemente proibido o relacionamento deles com humanos ou outras criaturas que não sejam Lírius. Sua função no céu é unicamente garantir a ordem do paraíso, visto que Anjos e Arcanjos são responsáveis pelos planos impostos por Deus, incluindo também Guerras contra os seres malignos.

No Inferno, também há suas. Dentre muitas espécies de demônios, encontram-se os Céris, criaturas malignas que possuem asas de morcego e chifres na cabeça, e particularmente também possuem sexo e se reproduzem entre si, seu objetivo é criar soldados para ajudar o Demônio. Tanto os Lírius quanto os Céris obedecem atentamente a seus mestres, mas as vezes um ou outro servo desgarra do bando e acaba desobedecendo e começa a se meter em sérios riscos...

CAPITULO I

_O que houve Crisly?

Indagou Bartô, um Líriu, que já vivia no Paraíso há muito tempo.

_Nada.

Respondeu Crisly. Crisly era uma Líria, que vivia no paraíso há pouco tempo por ser nova.

_Não. Há alguma coisa lhe incomodando. Me diz o que é.

Insistia Bartô.

_É que não sei se quero ficar aqui no paraíso.

Confessou Crisly.

_O Quê! O que você está dizendo é um pecado.

Explicou Bartô nervoso.

Pecado é não poder decidir o que quer fazer da sua própria vida. Eu vou embora!

Disse Crisly, quase chorando.

_Você sabe muito bem o que acontece com seres que dão as costas a Deus. Anjos Caídos.

Avisa Bartô.

_Estou ciente disso.

Diz Crisly determinada.

_Está bem, a decisão é sua.

Confirma Bartô.

Logo depois Crisly abriu suas asas e desce para a terra, Bartô ficou apenas olhando para ela sem poder fazer nada. A vida dos Lírius parecia bem desconfortável para alguns deles, o fato de terem que cuidar do paraíso, mantê-lo limpo e bem cuidado, às vezes não agradava a muitos.

No Inferno...

_Maldição, já estou cansado de trabalhar aqui neste lugar, Droga!

Falava Asterion, um Céris jovem.

_O que foi Asterion? Está ficando maluco?

Perguntou Devam, o chefe dos Céris que estavam trabalhando ali.

_Sim, estou maluco, estou maluco de trabalhar aqui, sabendo que meu destino é passar a eternidade aqui.

Reclamava Asterion.

_Calma a mais de 900 mil anos nenhum Céris reclama do serviço.

Alertava Devam.

_Sempre tem a primeira vez pra tudo!

Continuava a reclamar Asterion.

_Mas o que esta pretendendo fazer?

Indagou Devam irritado.

_Ir embora!

Disse Asterion, determinado.

Só se for por cima do meu cadáver.

Ameaçou Devam.

_É Mesmo?

Disse Asterion abrindo suas asas de morcego e lutando com Devam, Asterion podia ser novo, e Devam experiente, mas Asterion derrotou Devam em poucos segundos e fugindo do inferno. Se para um Líriu era difícil de permanecer no paraíso, para um Céris viver no inferno era bem pior, ficar chicoteando e punindo as almas que estavam no inferno durante toda a eternidade era bastante chato para alguns.

_Mas isso não vai ficar assim, até hoje nenhum Céris irritante me fez de idiota, e não vai ser ele que vai fazer.

Disse Devam irritado.

CAPITULO II

No mundo real...

_Nossa, que lugar diferente.

Disse Crisly impressionada. Ela já estava no mundo real, tivera que esconder suas asas para parecer uma humana.

_É incrível, nunca pensei que a terra era um lugar assim, o Bartô tem que ver isso.

Falava Crisly observando o lugar onde ela estava. Ela encontrava-se admirada com tudo que via, as pessoas, as grandes construções, jardins, as roupas, tudo parecia incrível, ela tinha que conhecer ainda mais aquelas pessoas, o que faziam, e o porquê faziam, estava interessada.

Um pouco longe dali...

_Este lugar é inacreditável!

Disse Asterion admirado. Ele, assim como Crisly, escondeu suas asas e seus chifres, estava igual a um ser humano normal e comum. Também estava bastante impressionado com o que via, as cores, o céu azul, as árvores, muitas coisas que nunca havia vido no inferno.

_Cachorro quente senhor?

Sugeriu um vendedor na rua.

_Não senhor. Eu quero distância de qualquer coisa que seja quente.

Ironizou Asterion.

_Este lugar tem ruas muito cumpridas e muitas curvas, é fácil de se perder aqui.

Falava Crisly preocupada.

_Eu vou pegar esta calçada pra ver onde vai dar.

Falou Asterion, seguindo a mesma calçada onde estava Crisly.

_Ah desculpe!

Disse Crisly um pouco tímida ao tombar acidentalmente em Asterion.

_Desculpe. Eu não lhe vi perdão.

Desculpou-se Asterion, impressionado com a beleza de Crisly.

_Eu também sou culpada, não olhei por onde andava.

Falou Crisly também impressionada com Asterion.

_Você é daqui?

Indagou Asterion achando que ela era uma Humana.

_Ah...Sou! Sou sim e você?

Mentia Crisly.

_Eu? Sim também sou.

Mentia ele também.

Posso lhe acompanhar agente pode ir conversando.

Sugeriu Crisly.

_Ah, boa ideia quero saber mais de você seu nome, onde mora enfim...

Aceitou a sugestão Asterion. O destino havia pregado uma peça nos dois. Um ser das trevas apaixonado por uma criatura da luz.

_Você tem quantos anos?

Quis saber Asterion.

_É...Vinte e um.

Mentia ela novamente.

_Caramba, tão pouco.

Falou Asterion baixinho impressionado com o curto tempo de vida dos humanos.

_O Que você disse?

Disse ela pensando em ter ouvido o sussurro.

_Nada.

Respondeu Asterion nervoso.

_E quantos anos você tem?

Quis saber Crisly.

_Eu também tenho vinte e um.

Respondeu ele mentindo.

_Ele é tão bonito, amável e educado, mas se ele souber o que eu sou, uma Líria, ele nunca vai gostar de mim.

Pensava Crisly triste.

_Ela é maravilhosa, mas o que ela vai pensar quando descobrir que eu sou um demônio que fugiu do Inferno?

Pensava Asterion desapontado.

_Por que agente não vai conversar ali naquele lago?

Sugeriu Asterion, vendo um lago bem na frente deles.

_Está bem vamos.

Concordou Crisly

_É muito bonito não é?

Indagou Asterion admirado com o lago, já que onde ele vivia, não havia sem rastro de água.

_É maravilhoso tudo tão leve e suave.

Falava Crisly colocando as mãos sobre a água.

_Vamos tomar banho?

Convidou Crisly.

_É, é, eu não posso.

Falou Asterion gaguejando, temendo que à água lhe causasse algum mal, por ele ser um ser das trevas.

_Ah, não fica com medo você pode!

Insistia Crisly.

_Está bem!

Respondeu Asterion, ele colocou seu pé direito dentro d'água, vendo que à água, não lhe causava nenhum mal, ele entrou na água com Crisly.

CAPITULO III

Enquanto isso no Inferno...

_Mestre, queria lhe comunicar da fuga de um Céris.

_Como? Qual deles fugiu?

Disse uma voz tão macabra que poderia matar um ser humano só com ela.

_Asterion, ele fugiu para o mundo real.

Confessou Devam.

_Quero que você vá até a terra com um grande exercito de Céris, e não se preocupe em matar as pessoas, o objetivo e capturar Asterion.

Falava a vós macabra.

_Mas mestre, há uma lei que impede que nós, ou seres do paraíso entrem na terra e...

_Cale-se! Sei disso, mas de vez em quando podemos desobedecer, afinal, sempre fiz isso...

Encerrou a voz.

_Sim, mestre.

Despediu-se Devam.

_Ele vai se arrepender eternamente de ter fugido.

Encerrou a voz macabra. Desde o princípio, depois da morte de Cristo, alguns seres fantásticos de ambos os mundos foram proibidos de irem até o mundo humano, espíritos, seres das trevas ou mesmo anjos não podiam descer sem as ordens de Deus, o mundo ficaria a disposição da vinda de Cristo e até lá, não podia ser visitada por ninguém.

CAPITULO IV

Mundo Real...

_Muito legal essa sua história...

Falava Crisly, sorrindo de alguma coisa engraçada que Asterion havia falado para ela.

_Você é muito linda sabia?

Falava Asterion elogiando Crisly.

_Obrigada! Eu gostei muito de você. Você foi a coisa mais linda que me aconteceu desde que eu cheguei aqui.

Falava Crisly tímida.

No clima em que os dois estavam, eles acabaram se beijando.

_Desculpe, eu não queria apressar as coisas, afinal, acabamos de nos conhecer.

Desculpava-se Asterion.

_Não, eu gostei muito, na verdade eu queria ficar com você desde o inicio.

Disse ela o beijando de novo.

Longe dali...

_Soldados, vocês todos irão me acompanhar até o mundo real para capturar um Céris fugitivo, Asterion. Ele desafiou o mestre e está rondando pelo mundo real.

Falava Devam, com seus soldados no inferno.

_Mas capitão, e se os humanos nos verem?

Quis saber um soldado no meio da multidão.

_O Mestre nos deu carta branca, podemos aparecer no meio de todo mundo, o que importa é capturar Asterion.

Encerrou Devam com um sorriso malicioso no rosto, eles não gostava muito do Asterion, parecia que eles já tinham um problema pessoal.

_Eu estou tão feliz de estar com você!

Falou Asterion.

_Eu também, mas eu tenho que te confessar uma coisa...

Falava Crisly.

_O quê?

Antes de Asterion terminar a frase o exercito de Céris chega para pegá-lo.

_Céris.

Disse Asterion sussurrando.

_Não acredito, Céris.

Disse Crisly também sussurrando.

_Vamos sair daqui, eu te salvo!

Disse os dois ao mesmo tempo. Asterion abre suas asas de morcego e Crisly abre suas asas de anjo.

_Você é uma Líria?

Disse Asterion impressionado.

_É, E você é um Céris.

Fala Crisly na mesma situação.

_Ah, isto é uma longa história, vamos sair logo daqui.

Disse Asterion. Eles começaram a voar em alta velocidade e sendo perseguido pelo exercito de Devam.

_Asterion, você foi longe demais, espere até o mestre saber que você está com uma Líria.

Falava Devam, perseguindo as duas criaturas mágicas.

_Como vamos despistá-los?

Indagou Crisly.

_Ah, como eu vou saber?

Indagou Asterion confuso.

_Ah, você é um deles, pensa!

Ordenava Crisly.

_Até que para um Líria você é bem mandona.

Falou Asterion ironizando.

_Tive uma ideia. Quando eu mandar agente se transforma em humanos.

Ordenava Asterion. Eles foram à direção ao lago.

_Agora!

Falava Asterion. Os dois pularam dentro d'água.

-Onde eles foram?

Indagou Devam.

_Não os vejo em lugar algum.

Disse um soldado Céris.

_Vamos procurar em outro lugar.

Disse Devam se afastando dali.

_Agora explica o que aconteceu aqui.

Falou Crisly, toda molhada ao sair de dentro do lago.

_Acontece que aqueles Céris não podem se transformar em humanos, por isso não podem entra dentro d'água, a transfiguração foi algo que aprendi, nos dias em que planejava fugir.

Explicava Asterion.

_Não, eu estou falando do fato de você ser um Céris, e eu uma Líria, como isso vai acabar?

Quis saber Crisly.

_Eu pensei que você fosse uma humana, mas o que acontece é que eu já me apaixonei por você, e eu não te deixaria por nada desse mundo.

Desabafava Asterion.

_Eu também me apaixonei por você e não quero que acabe assim.

Confessou Crisly.

Eles foram para uma gruta perto do lago, para passarem a noite lá.

_O Que vamos fazer quando eles voltarem?

Quis saber Crisly.

_Não sei, eu penso em lutar, mas são muitos.

Falou Asterion preocupado.

_Um amigo me avisou que se eu viesse para cá eu enfrentaria muitos perigos.

Disse Crisly se referindo a Bartô.

_Eu também estava ciente disto, mas eu estava cansado de viver no inferno treinando para virar um soldado.

Confessou Asterion.

_Mas sabe de uma coisa, só em ter te conhecido, e de ter vivido tudo isto com você já valeu muito a pena.

Falo Crisly, olhando para Asterion com um brilho no olhar.

_Eu Também acho.

Disse Crisly, beijando Asterion. Naquela gruta durante aquela noite eles se amaram intensamente, acabaram por quebrar o único laço que os separava, tornaram-se impuros, e uniram-se num único corpo.

CAPITULO V

Longe Dali...

_Capitão o que vamos fazer, ainda não encontramos eles.

Indagou um Céris qualquer.

_Eles podem se transformar em humanos, assim fica difícil capturá-los, mas mesmo assim eu vou pegá-los.

Disse Devam.

Quando vamos ir atrás deles de novo?

Insistiu o soldado.

_Vamos agora mesmo, se virem Asterion peguem-no sem dó, agora a Líria, tragam-na intacta, eu mesmo me encarrego de fazê-la sofrer.

Disse Devam com um sorriso maligno.

Na gruta...

_Foi tão lindo.

Disse Crisly sorrindo.

_Eu também achei.

Disse Asterion da mesma forma.

_Então...

_Espere.

Interrompeu Asterion.

_O que foi?

Quis saber Crisly.

_Não sei, agora pouco escutei um barulho. Acho que vou ficar aqui atento, caso eles voltem.

Disse Asterion precavido.

_O Que vamos fazer a respeito disso? Não vamos poder ficar fugindo e se escondendo o tempo todo.

Falo Crisly.

_Sim, isto é verdade, mas eles são muitos, não podemos enfrentá-los.

Falava Asterion preocupado.

_E se eu usar minha energia de luz para ofuscá-los?

Sugeriu Crisly.

_Eles são poderosos de mais e sem contar que são cerca de 500, somente um batalhão de Lírios para derrotá-los.

Explicou Asterion.

_Droga! São eles.

Gritou Asterion vendo os Céris.

_E agora, o que vamos fazer?

Indagou Crisly preocupada.

_Não temos outra escolha, á não ser se esconder, apesar de ser um Céris tenho que dizer isto.

Falou Asterion triste.

_Vamos sair pelos fundos.

Disse Crisly arrastando Asterion.

Os dois foram com muito cuidado para os fundos enquanto os Céris invadem a parte da frente da caverna.

_Entrem! Tenho certeza que vi Asterion e aquela Céris aqui.

Ordenava Devam.

_Mestre veja o que eu encontrei.

Falou um saldado mostrando uma pena das asas de Crisly.

_Eles estiveram aqui, e não devem estar muito longe, procurem em todos os lugares que houver, eu quero matar Asterion e me divertir com aquela Lira.

Disse Devam com muita raiva.

_Será que os despistamos?

Quis saber Crisly.

_Não sei, ainda estou sentindo a presença deles.

Disse Asterion bem precavido.

_Eu não fui sempre um deles. Eu era um humano, quando eu tinha cinco anos eu sofri um acidente de carro, meus dois pais morreram, meu corpo caiu num barranco e ninguém me encontrou então as forças do mal levaram meu corpo, e me transformaram nisto que você está vendo. Com o tempo aprendi a transfiguração, mas é somente por isso que consigo.

Confessou Asterion.

_Nossa, eu não sabia, por isso têm tanto ódio deles. Mas por que o Devam têm tanto ódio de você?

Quis saber Crisly interessada.

_Foi Devam que me levou ao lorde das trevas. Antes de eu chegar lá ele era o mais forte e o mais querido do lorde das travas, mas quando eu cheguei ele viu que eu iria ficar mais poderoso que o Devam, já que eu ainda possuía o corpo humano, então eu recebia mas atenção do que ele.

Explicou Asterion.

_Então foi por isso que você pode se transformar em humano, e entrar dentro d'água, por que seu corpo ainda é de um humano.

Raciocinou Crisly.

_Exatamente.

Confirmou Asterion. Crisly ao saber desta teoria ela teve uma ideia.

CAPITULO VI

_Então estão aqui!

Disse Devam ao encontrar Asterion e Crisly.

_Droga!

Reclamava Asterion.

_É, Droga mesmo. Peguem-nos!

Ordenava Devam, a seus soldados.

Mesmo tentando Asterion e Crisly não conseguiram escapar dos soldados de Devam, então foram capturados. Devam amarrou os dois em uma pedra com cordas mágicas, quase impossíveis de serem corrompidas.

_O que pensa em fazer conosco?

Indagou Asterion amarrado.

_Calma, tudo em seu tempo! Primeiro vou apreciar a carne de uma Líria.

Disse Asterion passando a mão na perna de Crisly.

_Tire as mãos dela seu cretino!

Ordenava Asterion mesmo amarrado.

_Cale a boca Asterion! Aqui e agora você não manda em nada. Não sei por que maldito motivo o mestre gostou de você, aponto de provocar aquele acidente só para pegar você.

Falava Devam.

_O Quê? Foi ele que matou meus pais? Maldito.

Falava Asterion revoltado.

_Pois é foi ele, mas não adianta você ficar com raiva por que eu vou te matar, e mesmo que você sobrevivesse, você jamais arrancaria um fio de cabelo do mestre.

_Eu juro que você e este "mestre" de você vão me pagar!

Gritava Asterion de raiva.

_Cale-se!

Disse Devam, dando um soco em Asterion.

_Você é um invejoso, nunca se contentou em ser o segundo na lista dele.

Disse Asterion cuspindo sangue no chão devido o soco, e se referindo ao Mestre deles.

_Se você não calar a boca eu mato você agora mesmo.

Ameaçava Devam.

_Essa é sua fraqueza Devam.

Falava Asterion sorrindo, se referindo a pouca paciência de Devam.

_Ah é? Eu sei qual é a sua também.

Disse Devam novamente passando as mãos nas pernas de Crisly.

_Pare! Se não eu acabo com você.

Ameaçava Asterion.

_Sabe, antes de te levar de novo para o inferno, eu vou me divertir um pouquinho com esta Líria na sua frente.

Disse Devam sorrindo.

_Você vai se arrepender eu estou avisando.

Advertia Asterion, que mesmo estando amarrado tinha coragem para ameaçar Devam.

_Depois dessa o mestre vai ficar irritado, imagine, um Céris se relacionando com uma simples e repugnante Líria.

Falava Devam.

_Melhor que ser um Céris rejeitado pelo próprio Diabo!

Disse Asterion, tentando tirar a calma de Devam.

_Agora chega!

Disse Devam irritado e indo novamente em direção a Crisly.

_Não, Não.

Gritava Crisly com medo de Devam.

_Vem, minha gatinha.

Falava Devam puxando o vestido de Crisly.Com isso Asterion se irritou tanto que conseguiu quebrar as cordas mágicas que o aprisionavam, ele se irritou tanto que explodiu seu poder ao máximo.

_Agora você vai me pagar.

Disse Asterion abrindo suas asas de morcego e matando todos os soldados com um vento monstruoso que saiu de dentro delas.

_Como ele consegue tanta força? Então era por isso que o mestre sempre teve interesse nesse cara.

_Agora, solte Crisly.

Disse Asterion dando um soco na cara de Devam.

_Como você ficou assim?

Indagou Crisly, olhando para Asterion.

_Foi o seu amor.

Disse Asterion soltando Crisly, das cordas mágicas, com um só golpe.

_Agora você vai saber o que é ter medo Asterion.

Disse Devam se transformando num terrível mostro, um Dragão enorme, mas conhecido como Gárgula do Inferno. Os dois começaram a lutar, no inicio, tudo estava igual, mas depois o tamanho de Devam ajudou, e ele estava levando a melhor.

_Agora Asterion, você vai voltar para o inferno!

Disse Devam com uma voz muito estranha.

_Não, Asterion.

Gritava Crisly chorando, vendo que Asterion estava quase morto.

_Você tem um último pedido?

Perguntava Devam enforcando Asterion.

_Que Deus te perdoe.

Falava Asterion, voltando ao normal de sua transformação e fechando os olhos.

_Senhor, sei que eu o magoei, mas, por favor, não nos abandone, pode me levar de novo, mas salve o Asterion.

Implorava Crisly, olhando para o céu.

Alguns segundos depois uma luz saiu do céu, e iluminou Asterion.

_O que houve?

Indagou Devam, sem entender nada.

_Deus me perdoou, e agora eu tenho o apoio dele pra te derrotar.

Disse Asterion jogando um raio de luz branca em Devam. Sendo ajudado por Crisly Devam se desintegra no ar.

_Vencemos!

Disse Asterion.

_É mais...

_Asterion e Crisly.

Falou uma voz vinda do céu.

_Senhor?

Disse Crisly.

_Eu gostaria de saber se vocês se amam de verdade, aponte de abrirem mão de seus poderes para viverem na terra.

Falou a voz do Senhor.

_Sim.

Responderam juntos Crisly e Asterion.

_Pois então que seja feito.

Disse a voz. Em seguida as asas de Crisly e Asterion sumiram.

_Pela fé que vocês tiveram o tempo todo, eu nunca os deixaria serem derrotados. Asterion, eu tenho uma coisa para você.

Falou a Voz.

_O quê?

_Filho.

Falou uma voz feminina. Era a mãe de Asterion, e seu pai.

_Pai...Mãe...

Falava Asterion emocionado.

_Ainda bem que você está salvo, um dia nos encontraremos de novo.

Disse a voz se despedindo.

_O senhor os salvou.

_Sim, eles eram inocentes, eu não podia deixá-los pagar.. Agora eu vou, sejam bons, para que um dia nos encontremos de novo.

Disse a voz do Senhor se despedindo.

_Claro que sim.

Respondia Asterion. A partir daquele dia Asterion e Crisly eram humanos e tinham que abandonar seus nomes celestiais, Deus o chamaram de Luchas e Lucia. Depois dali eles saíram rumo a o horizonte para sobreviverem na terra. Deus havia perdoado Crisly, por ser uma criatura da Luz,

Anterion, não pertencia ao reino das trevas, havia sido levado pelo demônio, por isso, e por sempre pregar o senso da justiça, Deus o perdoou.

Mas um detalhe ficou despercebido, o amor dos dois havia sido consumido enquanto eram seres da luz e trevas, e uma bela criança havia sido gerado a partir disso...

CAPÍTULO VII

12 anos depois...

_Pare com isso, parem, estão me machucando.

Falava uma voz de criança. Era um jovem aluno de uma escola da cidade, que estava sofrendo agressões de alunos mais velhos.

_Deixem-no em paz.

Falava uma voz de um garoto.

_O que foi Ubriel? Sai daqui seu estranho.

Falava o agressor.

_Disse pra soltar!

Repetiu o garoto.

_O que você vai fazer?

Falava o menino agressor.

_Eu avisei!

Falando isso, o jovem Ubriel, faz surgir uma roda de fogo em volta deles, vendo isso, todos saem correndo. O fogo some em seguida.

_O..o..obrigado.

Agradece o aluno com medo.

_De nada, agora vá!

Falou Ubriel.

Em seguida, o jovem rapaz sai voando pelos céus, uma de suas asas, era de um morcego, e a outra, uma linda asa branca de anjo.

FIM